Helmut Sakowski • Katja Henkelpott

OMNIBUS

Foto: © Ralf Pätzold

DER AUTOR

Helmut Sakowski, 1924 in Jüterbog/Brandenburg geboren, absolvierte eine Fachschule für Forstwirtschaft. Nachdem er jedoch begonnen hatte zu schreiben, hängte er die Försterei an den Nagel. Er erzielte große Erfolge mit Bühnenstücken, Hörspielen und Drehbüchern, wurde aber auch bekannt durch Romane, Kurzgeschichten und seine Kinderbücher »Prinzessin, wir machen die Fliege«, »Wie brate ich eine Maus« und die »Katja Henkelpott«-Bände.

Helmut Sakowski

Katja Henkelpott

Illustrationen von
Erhard Dietl

OMNIBUS

OMNIBUS

Band 20216

Der Taschenbuchverlag
für Kinder und Jugendliche
von C. Bertelsmann,
München

Umwelthinweis:
Dieses Buch wurde auf chlorfrei gebleichtem Papier gedruckt.

Genehmigte Taschenbuchausgabe Oktober 1995
Gesetzt nach den Regeln der Rechtschreibreform

Umschlagbild: Erhard Dietl
Umschlagkonzeption: Klaus Renner
Satz: Uhl + Massopust, Aalen
Herstellung: Stefan Hansen
Druck: Presse-Druck Augsburg
ISBN 3-570-20216-X
Printed in Germany

10 9 8 7 6 5 4 3 2

Inhalt

Katja Henkelpott

Wer mich lieb hat, nennt mich Katja Henkelpott, aber ich heiße mit Nachnamen Habenicht und wohne in Rostock. Das ist eine Stadt mit vielen alten Türmen. Sie liegt in den neuen Bundesländern und ist ganz nahe ans Wasser gebaut. Meine Mutter arbeitet im Hafenbüro, mein Vater ist Ingenieur auf der Werft und ich bin ein selbstständiges Mädchen. Morgens gehe ich allein ins Bad, drehe den Hahn auf und spiele mit den Fingerspitzen unter dem Wasserstrahl, oder ich küsse den Waschlappen, bis meine Mutter ruft: »Fertig mit dem Waschen?«

Dann rufe ich »ja-ha«, klettere auf einen Stuhl und kämme mir vor dem Flurspiegel zwei Pferdeschwänze. Der eine biegt sich über dem linken Ohr, der andere über dem rechten. Das sieht aus, als ob mein Kopf zwei Henkel hätte. Ich betrachte mich gern im Spiegel. Meine Augen können funkeln, und wenn ich den Mund breit ziehe, als wollte ich knurren, schieben sich meine Schneidezähne, die etwas auseinander stehen, über die Unterlippe. Damit kann ich sogar große Jungen erschrecken, meine Mutter leider nicht. Sie sagt dann: »Lass die Faxen, Katja Henkelpott! Hier ist dein Frühstücksbrot, und nun ab in den Kindergarten.«

Vorher verabschiede ich mich von Flix und Flax, meinen Meerschweinchen. Leider darf ich sie nur streicheln. Mein Vater sagt, es wäre ungesund, wenn ich zuerst die Meerschweinchen auf die Schnauzen küsse und dann meine Mutter auf den Mund.

Mein Vater stammt aus Pälitzhof, das ist ein kleines Dorf in Mecklenburg. Meine Mutter sagt, er hätte mir die Tierliebe vererbt. Deshalb muss ich mich vor jede Katze hinhocken, die in der Stadt spazieren geht, oder jeden Hund anfassen, der nicht bellt. Weil es zu kostspielig ist, einen Tag um den andern in den Zoo zu fahren, haben mir meine Eltern Flix und Flax gekauft, die billiger waren. Zuerst ging alles gut, dann aber musste der Kindergarten vorübergehend schließen, weil die Stadt zu arm war. Ich fand das schön. Bis Mittag passte eine Freundin meiner Mutter auf mich auf. Nachmittags war ich ein Schlüsselkind und konnte also ins Haus, wann ich wollte.

Einmal weidete ich Flix und Flax auf dem bisschen Wohngrün vor unserem Haus. Da raste ein Laster heran, der hatte Heu geladen. In der Kurve verlor er ein Bündel. Das Heu duftete nach Kräutertee, und Flix und Flax machten sich darüber her. Da meinte ich es gut mit den Meerschweinchen. Zuerst trug ich sie hinauf in den fünften Stock und hinterher das Heu, das sie so mochten. Ich musste es mehrmals in die Arme nehmen und ein paar Mal die Treppen steigen. Dabei verstreute ich einige Halme und Kleeblüten auf den Stufen. Es raschelte beim Steigen und es sah schön aus und das ganze Haus roch wie eine getrocknete Sommerwiese.

Leider haben sich die Nachbarn nicht darüber gefreut. Meine Eltern waren noch nicht von der Arbeit zurück, da klingelte es. Ich nahm Flix auf den Arm und öffnete und dann fragte ich höflich: »Ja, bitte?«

Vor der Tür standen viele Leute aus allen Stockwerken. Ich habe Frau Rahmhase niemals die Zunge herausgestreckt, trotzdem schrie sie, ob ich mich nicht schäme.

Ich sagte: »Nein.«

Da nannten mich die Leute ein Früchtchen.

Die silbernen Nüsse

Endlich kam Mutter von der Arbeit heim. Sie wunderte sich über die vielen Menschen auf der Treppe. Sie bildeten eine Gasse, und oben, an ihrem Ende, stand ich und schielte auf meine Nasenspitze. Das mache ich, wenn ich ein schlechtes Gewissen habe. Die Hausbewohner starrten auf meine Mutter und machten so spitze Bemerkungen, dass es ihr wehtat. Sie hatte Tränen in den Augen, als sie durch das Spalier der aufgebrachten Menschen nach oben stieg und »Entschuldigung« sagte. Und später sagte sie, es wäre ein Spießrutenlaufen gewesen, und fragte meinen Vater, ob sie nicht schon genügend Sorgen hätte.

Mein Vater sagte: »Weißt du was, solange der Kindergarten geschlossen ist, bringen wir Katja Henkelpott zu Großmutter Habenicht nach Pälitzhof. Dort auf dem Dorf kann sie Tiere streicheln, so oft sie mag und im Stall das Heu verstreuen, so viel es davon gibt. Flix und Flax dürfen mit ihr reisen.« Meine Mutter fragte mich: »Wollen wir es so machen?«

Ich war einverstanden.

Seitdem wohne ich in Pälitzhof, das ist ein kleines Dorf in Mecklenburg, wo es sehr alte Bäume und sehr alte Häuser gibt. Großmutters Kate wurde von ihrem Großvater gebaut. Damals gab es in Deutschland noch einen Kaiser, aber eine Demo gab es auch schon, und sie haben ihn weggejagt. Meine Großmutter sagt: »Es gibt keinen Kaiser mehr und keinen Führer und keinen Staatsrat, aber der Nussbaum erhebt sich immer noch mitten auf dem Hof, weil die Natur stärker ist als die Menschen und weil Bäume länger leben als wir.«

Der Nussbaum ist so alt wie das Haus. Er hat sich gegabelt, als er noch viel jünger war, und in der Baumgabel hat sich ein Loch gebildet, das sehr wichtig ist. Davon werde ich später erzählen. Unten herum ist der Stamm so rund und so breit wie meine Oma und so groß, als würde sie die Arme heben. Und dann gabelt er sich in zwei dicke Stiele, die so stark sind wie mein Vater, weil sie die Baumkrone tragen müssen. Die breitet sich über den ganzen Hof.

Als ich klein war, stand mein Kinderwagen unter dem Baum, und der hat mich beschirmt, damit mich die Sonne nicht brennen konnte. Und im letzten Sommer, als mein Großvater gestorben war, hat sein Sarg unter dem Baum gestanden, und wir anderen, Großmutter, Onkel und Tante, mein Vetter Raoul Habenicht, meine Eltern und ich, standen um den Sarg herum und haben von meinem Großvater geredet, wie gern er Zinnaer Klosterbruder getrunken hatte und was für ein guter Mensch er war, bis das Pferdegespann kam, das ihn zum Friedhof fuhr.

So traurig war es auch an dem Tag, als mein Vater erzählte, dass er die Arbeit verliert und dass meine Mutter umschulen muss. Weil meine Eltern an ihre Sorgen dachten und nicht an mich, durfte ich aufbleiben, bis es finster war. Ich hab mich unter den Baum gestellt und hinaufgeschaut. Der Mond hing in den Zweigen und zwischen den schwarzen Blättern funkelten die Sterne wie silberne Nüsse. Da dachte ich, vielleicht ist es ein Zauberbaum wie der vom Aschenputtel und kann uns helfen. Ich rief: »Bäumchen, schüttel dich! Wirf Gold und Silber über mich!«

Nichts bleibt, wie es ist

Es hat geraschelt und dann fielen mir mehrere hohle Nussschalen auf meinen Henkelpott. Da wollte ich dem Baum meine Schneidezähne zeigen, die etwas auseinander stehen. Meine Mutter kam heraus und tröstete mich. Sie sagte, das wäre nicht der Baum gewesen, sondern wahrscheinlich Moritz, das Eichhörnchen. Sie sagte: »Das Glück fällt nicht vom Himmel herab oder vom Baum herunter. Das Glück muss man sich selber verdienen. Das ist noch ziemlich schwer in den neuen Bundesländern. Du wirst es leichter haben, Katja Henkelpott. Und nun komm ins Haus. Es ist spät und wir wollen uns zu Bett legen.«

Die Nussschalen heb ich mir auf, vielleicht werden sie später zu Gold.

Am nächsten Morgen fuhren Mutter und Vater mit dem Trabi nach Rostock zurück. Ich wohne vorläufig in Pälitzhof.

Moritz wohnt in einem Loch, das sich in der

Baumgabel gebildet hat. So etwas passiert mit der Zeit und dauert viele Jahre. »Nichts bleibt, wie es ist«, sagt meine Oma. Das würde man Entwicklung nennen. Die Entwicklung des Loches geht so: Zuerst läuft etwas Regenwasser an den Ästen abwärts, manchmal sammelt es sich in der Baumgabel. Nach und nach entwickelt sich eine kleine faulige Stelle wie bei einem Apfel, der zu lange nicht gegessen worden ist. Und eines Tages ist der Wurm drin. Nun kommt der Specht, der horcht den Baum ab, beinahe so gut wie der Kinderarzt. Er hört den Wurm. Er will ihn haben. Und nun muss er ein Loch klopfen, um den Wurm herauszuoperieren. Dann merkt er, da ist noch mehr faul, da sind noch viele Würmer drin. Er muss tiefer klopfen. Das Loch wird größer. Und vielleicht hat die Vogelfrau gesagt: »Mein lieber Specht, wenn du dich ein bisschen anstrengst, wird aus dem Loch eine Höhle, in der ich brüten kann.« Der Specht hat geklopft und gehackt, dass die Späne flogen. Seine Frau hat gebrütet, jedes Jahr und jedes Jahr, aber dann sind sie ausgezogen. Vögel haben auch Sorgen, vielleicht war die Wohnung zu teuer.

Nun hatte die Natur Zeit, an dem Loch zu arbeiten, bis es so groß war, dass man einen Fußball darin verstecken konnte. Weil meine Oma keinen Fußball hatte, sind die Eichhörnchen eingezogen. Sie wohnen wie im Schlaraffenland, weil ihnen die Nüsse beinahe von selber in die Pfoten fallen. Sie brauchen sie nur zu knacken. Dabei setzen sie sich auf die Hinterbeine. Sie richten den buschigen Schwanz hinter ihrem Rücken auf, bis er ihnen über dem Kopf hängt. Dann drehen sie wie ein kleiner Mensch die Nuss mit allen zehn Fingern, bis sie den Knackpunkt gefunden haben, und dann lassen sie die Zähne arbeiten wie eine Fräse.

Jetzt wohnt Moritz in der Höhle. Er ist ein allein stehender Eichkater und leidet an Haarausfall. Sein Schwanz sieht aus wie eine Heringsgräte. Er hat eine Menge Nüsse für das Alter gespart. Leider wird er von dem Kleiber bestohlen. Der Kleiber ist ein hübscher Vogel mit einem spitzen Schnabel, den kann er wie einen Keil in die Nuss treiben, oder er wirft die Nuss von oben herunter auf einen Stein, bis die Schale platzt.

Meine Oma sagte: »Katja Henkelpott, ich lebe seit sechzig Jahren bei dem Baum und habe das noch nicht gesehen.«

Ich habe sie mit ihren eigenen Worten geschlagen. »Nichts bleibt, wie es ist.« Wenn sich ein Loch entwickeln kann, warum soll sich der Kleiber nicht entwickeln?

Mut, Katja Henkelpott!

Als meine Mutter und mein Vater ihre Arbeit auf der Werft und im Hafen verloren hatten, hieß es, sie sollten sich umschulen. Da wollte ich mich schon freuen, denn ich werde im nächsten Jahr auch eingeschult. Aber meine Großmutter belehrte mich, wir könnten nicht in ein und dieselbe Schule gehen, denn der eine

Elternteil müsse nach Wuppertal und der andere nach Magdeburg. Ich könnte also für länger bei ihr bleiben.

Im Sommer ist das Schönste in unserem kleinen Dorf der große Pälitzsee. Er gehört zu den Havelseen und ist eigentlich gar kein See, sondern ein Fluss, der ganz schön ausgeufert ist. An einem Ufer liegt Pälitzhof und man kann also ganz leicht baden gehen. Diesen Sommer habe ich das Schwimmen erlernt. Meine Großmutter hat es mir beigebracht. Sie ist schon ziemlich alt und ziemlich dick und ziemlich sportlich. Sie trug einen knallroten Badeanzug, stand bis zum Bauch im Wasser und hatte die Arme gehenkelt. Da sah sie aus wie eine große Rettungstonne. Sie rief, ich könnte mich sicher fühlen. Das wusste ich nicht so genau. Ich machte X-Beine und fror ein bisschen. Da rief sie: »Mut, Katja Henkelpott! Mach die Arme lang, stoß dich ab und lass dich gleiten!« Ein Weilchen hatte ich Angst, dann habe ich mich getraut. Ich machte mich so lang und so steif wie ein Surfbrett,

schmiss mich in den See, und schon stieß ich mit den ausgestreckten Händen an den Bauch meiner Oma. Sie lobte mich. Später habe ich beim Gleiten mit den Armen gerudert und mit den Beinen wie ein Frosch gestrampelt und schaffte einen ganzen Meter. Meine Oma war so begeistert, dass sie mich küssen wollte, aber ich war schon vom Schwimmen feucht.

Nebenan im Schilf hat eine Wildente gebrütet. Ihre zehn Küken konnten ohne Unterricht schwimmen, aber sie müssen lernen sich auf den See hinauszuwagen. Die Mutter macht es ihnen vor. Und ein paar Mal sind wir sogar zusammen ausgeschwommen. Die Leute am Ufer haben gerufen: »Schau nur!« Bestimmt war es schön anzusehen, die alte Ente und meine Oma, auf dem Wasser, umringt von zehn Küken und mir.

Am Pälitzsee lebt auch eine Ringelnatter, die sehr gut schwimmen kann. Wenn man sie auf dem See trifft, sieht man nur den Kopf, so groß wie ein kleines schwarzes Hühnerei mit den gelben Halbmondflecken und dahinter die

Wellen, wie bei einem Dampfer. Die Ringelnatter ist ungefähr 150 Zentimeter lang. Das ist ziemlich viel für eine deutsche Schlange, die nicht giftig ist. Einmal habe ich gesehen, wie sie sich von einem grünen Frosch ernährte. Sie schnellte auf ihn zu, riss das Maul auf und hat ein einziges Mal zugebissen, da zappelten nur noch die Froschbeine zwischen den Zähnen. Es sah nicht schön aus. Wahrscheinlich sagt deshalb meine Oma bei Tisch: »Schling nicht so, Katja Henkelpott!«

Im September sind Großmutter und ich das letzte Mal baden gegangen. Da lag die Ringelnatter geringelt auf einem Stein. Sie sonnte sich und hatte keine Lust mehr zu schwimmen. Und im Herbst ist sie in unseren Komposthaufen gekrochen, um ihren Winterschlaf zu halten. Ich bin gern bei meiner Oma in Pältizhof, aber ich freu mich auf Weihnachten. Dann mache ich ein paar Tage Urlaub bei meinen Eltern in Rostock. Vielleicht darf ich zu ihnen ins Bett kriechen und auch meinen Winterschlaf halten.

Warmes und Kaltes

Morgens kann ich lange schlafen in Pälitzhof und brauche nicht ins Bad, weil es bei meiner Oma Habenicht keins gibt, dafür aber eine richtige Küche. Dort steht die Blechschüssel auf einem Stuhl, und wenn der Teekessel singt, mischt Großmutter kaltes Wasser mit heißem und sagt: »Nun wasch dich, Katja Henkelpott!« Im Herd bullert das Feuer, das hört sich angenehm warm an.

Draußen war es kalt und hatte geschneit. Ich ging zum Briefkasten und wollte die Zeitung holen. Da sah ich, wie sie frierend unter dem kahlen Fliederbusch kauerten, eine Katzenmutter mit drei kleinen schwarzen Herbstkatzen, die in den Winter geraten waren. Vielleicht hatten schlechte Menschen sie im Wald ausgesetzt. Die Katzen hatten weiße Pfoten und einen weißen Fleck am Hals. Erst dachte ich, sie hätten eine Serviette bis unter das Kinn gebunden und warteten aufs Essen. Sie maunzten und klagten so laut, dass ich ihnen gleich was Warmes holen wollte.

Meistens bin ich mit meiner Großmutter befreundet. Nun hatten wir Streit. Sie rief: »Wir wohnen in Mecklenburg-Vorpommern, das ist das ärmste von den neuen Bundesländern. Deine Eltern haben studiert, nun müssen sie sich umschulen. Solange sorge ich für dich, obwohl meine Rente so klein ist, dass sie Mindestrente heißt. Ich kann es mir nicht leisten, hergelaufene Katzen zu füttern.«

Ich machte Funkelaugen und schob die Schneidezähne aus dem Mund. Meine Oma ließ sich nicht erschrecken. »Komm endlich zum Tisch«, sagte sie, »und iss.«

Grießbrei ist meine Lieblingsspeise. Er dampfte in der blauen Schüssel und glänzte gelb, wahrscheinlich hatte meine Oma ein Ei darunter gerührt. Trotzdem piepste ich, dass ich keinen Hunger hätte, und schiele auf meine Nasenspitze, weil ich meiner Großmutter nicht gern in die Augen blicke, wenn ich ausnahmsweise mal lügen muss. Ich wollte ihr nicht sagen, dass ich wegen der Katzen ab sofort in den Hungerstreik getreten war. Sie legte eine Hand auf meine Stirn und sah mich aus den Augenwinkeln an, als wollte sie sagen: »Ich trau dir nicht.« Ich war ja auch nicht krank, aber ich war traurig.

Es war gegen Abend. Großmutter hatte mir den süßen Brei zum dritten Mal gewärmt. Ich piepste wieder, dass ich keinen Hunger hätte. Meine Stimme klang so dünn, als wäre ich selber schon ein Strich. »Es muss der Magen sein«, sagte meine Großmutter. »Ich lauf rasch mal ins Dorf, um Tee zu kaufen.«

Kaum war sie aus dem Haus, trug ich die blaue Schüssel mit dem dampfenden gelben Brei zum Fliederbusch. Die drei kleinen Katzen und ihre Mutter schleckten und schlabberten um die Wette und dann leckten sie sich zufrieden die Schnurrbarthaare.

Da packte mich meine Oma plötzlich beim Kragen und rief: »Katja Henkelpott, du hast mich ausgetrickst und den Katzen deinen Lieblingsbrei gegeben. Aber wenn ich's recht bedenke, hast du Recht. Die Katzen sind arm dran, weil sie im Winter keine Mäuse jagen können. Wir wollen die Milch mit ihnen teilen, bis es wieder wärmer wird. Aber ins Haus kommen sie mir nicht! Punktum!«

Am nächsten Morgen schneite es wieder. Die vier Katzen saßen vor der Tür und maunzten und klagten.

Ob ich wohl öffne?

Tante Einbein

Ich durfte das Katzenfutter allein zubereiten. Ich brockte zwei Brötchen in die blaue Schüssel und goss beinahe eine ganze Tüte Milch darüber aus. Meine Großmutter Habenicht seufzte, als sie es sah. Sie sagte: »Ein Liter Milch plus zwei Brötchen am Tag, das macht im Monat, lass mich mal rechnen... eine Menge Geld. Die Freundlichkeit ist teuer geworden.«

Nun klopfte auch noch Tante Einbein an das

Küchenfenster und verlangte ihre Morgengabe. Tante Einbein ist eine schwer beschädigte Amsel. Ich habe sie mit Kuchenkrümeln zahm gekriegt. Sie macht wegen des kaputten Fahrgestells jeden Morgen eine Bauchlandung auf dem Fensterbrett. Dann klopft sie mit dem Schnabel an und ich muss sie einlassen, weil ihr da draußen die neidischen Gimpel das Futter streitig machen. Das Gesunde setzt sich eben durch, sagt meine Oma. Das hat sie aus der Zeitung. Mir tun die einbeinige Amsel und die ausgesetzten Katzen Leid, deshalb helfe ich ihnen beim Durchsetzen.

Tante Einbein hinkte also herein und durfte vom Katzenfutter kosten. Dann nahm sie ein Bad in der Spüle und spritzte ein bisschen Wasser an die Gardine. Meine Oma nennt das eine Schweinerei. Es gefällt ihr auch nicht, dass ich Tante Einbein erlaubt habe sich auf dem alten Sofa neben dem Herd das Gefieder zu trocknen. Sie schüttelte den Kopf und brummte und dann rührte sie den Reibekuchen ein. Ich hätte gerne mit dem Zeigefinger in den

Teig gestippt, aber ich musste die Katzen füttern und trug die blaue Schüssel mit dem Eingebrockten in den Flur. Da hörte ich schon die Mutter mit den drei Herbstkätzchen draußen vor der Tür maunzen und klagen. Ob ich sie wohl hereinlasse?

Ich drehte mich vorsichtig um. Leider war ich nicht allein. Meine Großmutter Habenicht stand im Flur. Sie hatte die Fäuste in die Seiten gestemmt, die Arme gehenkelt und sie rief: »Katja Henkelpott, was führst du im Schilde?«

Ich schielte auf meine Nasenspitze und piepste: »Es wird in das Futter schneien. Die Katzen werden krank. Ich kann mich erkälten.«

Meine Oma rief: »Die Katzen kommen nicht ins Haus!« Sie hatte eine Zornfalte in der Stirn und sah so dick und so gewaltig aus, als hätte sie sich aufgeblasen.

Da sagte ich mein Zauberwort: »O-mi-lein!« Und kaum hatte ich es gesprochen, da ging ihr auch schon die Luft raus, wie bei einem angestochenen Ballon. Sie zuckte mit den Schultern. Die Katzen durften rein.

Sie fraßen gierig und wir schauten zu. Da hatte ich eine Idee. Ich sagte: »Ich werde die Katzenkinder in meinen Puppenwagen legen und im Dorf spazieren fahren. Die alte Katze darf mich begleiten.« Wo ist denn die Katzenmutter?

Sie saß auf der Küchenschwelle, satt und zufrieden und blinzelte schläfrig. Ihre Barthaare waren mit vielen kleinen Daunenfederchen geschmückt.

Sie hatte Tante Einbein gefressen.

»Hättest du auf mich gehört«, sagte meine Oma Habenicht und verlangte sogar, ich sollte der Katze nicht böse sein, es sei ihre Natur.

Der Kokosnussbaum

Meine Großmutter sagt: »Die Katze lässt das Mausen nicht. Es ist ihre Natur.« Also musste ich damit zufrieden sein, dass dieses Raubtier die arme Tante Einbein verspeist hatte. Die

Katze wurde sogar meine Freundin. Ich nannte sie Baba. Für die Herbstkatzen hatte ich noch keine Namen. Sie müssen sich erst entwickeln, damit ich sie unterscheiden kann. Zwischen mir und meiner Großmutter Habenicht können die Katzen sehr gut unterscheiden, denn meine Oma musste an der Hüfte operiert werden und hat noch immer einen schweren Fußtritt. Und wahrscheinlich hat sie mit ihrer lauten Stimme den Katzen zu oft vorgerechnet, wie teuer die Freundlichkeit ist. Sie gehen ihr aus dem Wege. Aber mich mögen sie und warten so lange auf dem Haustritt, bis ich heraustrete.

»Sie lauern dir auf«, sagt meine Oma.

Ich denke, sie wollen mich sehen.

Wo ich gehe, da gehen auch die Katzen, manchmal bis zu Heinos Getränkemarkt unten im Dorf, und wo ich stehe, da bleiben auch die Katzen stehen. Und wenn ich eine Weile stehe, dann lassen sie sich vor mir auf dem Hintern nieder und stützen sich auf ihre Vorderpfoten. Sie heben die Köpfe mit den grünen Katzenaugen und den komischen Pupillen darin, die bei Tageslicht nicht rund sind, sondern schmal wie der Schlitz einer Sparbüchse. Die Katzen blicken zu mir auf. »Sie erwarten, dass du sie fütterst«, sagt meine Großmutter.

Manchmal wünsche ich, es wären uns statt vier Katzen sieben zugelaufen und ich wäre nicht Katja Henkelpott, sondern Schneewittchen. Dann würden die sieben Katzen wie die sieben Zwerge nicht wegen des Futters zu mir aufblicken, sondern weil ich eine Königstochter bin.

Eines Morgens hockte Moritz auf dem Fensterbrett und der Schwanz hing wie eine Heringsgräte traurig herab. Der Eichkater schimpfte. Wenn er sich ärgert, dann meckert und keckert er. Ich öffnete das Fenster, aber er wollte nicht hereinkommen, sondern sprang vom Fensterbrett in den Garten und sah sich nach mir um, als sollte ich ihm folgen.

»Zieh aber eine Jacke an und setz dir eine Mütze auf«, sagte meine Großmutter. »Der Frühling lässt sich heuer Zeit.«

Als ich vor die Haustür trat, warteten dort nicht die Katzen, und Moritz hüpfte schimpfend im Baum herum. Da sah ich die schöne Bescherung. Aus dem Loch in der Astgabel schauten ein großer Katzenkopf und drei kleine Katzenköpfe und blickten auf mich mit funkelnden grünen Augen.

»Unerhört«, sagte meine Großmutter. »Sie haben Moritz aus der Wohnung verdrängt.« Und dann seufzte sie: »Hoffentlich geht es uns nicht eines Tages ebenso.«

Ich finde, unser Haus ist viel zu groß für eine allein erziehende Katze mit drei Kindern.

So wurde Moritz ein Pflegefall. Er durfte sich seine Unterstützung jeden Morgen vom Fensterbrett abholen, mindestens vier Nüsse. Ich beschütze ihn, auch die Katze darf ihm nichts tun.

»Aber was wird aus den Meisen im Baum? Ihre Nester sind ein gefundenes Fressen für Katze Baba mit den drei Räubern!«, sagte meine Oma.

Als mein Vater zu Besuch kam, wusste er

Rat. Er flickte ein paar ausgehöhlte Kokosnussschalen zusammen, bohrte Einfluglöcher hinein und hängte sie katzensicher in die Zweige. Die Vögel verstanden und zogen ein.

Nun haben wir den ersten Walnussbaum in den neuen Bundesländern, der Kokosnüsse trägt.

Wenn man sich ein Bild macht

Bei meiner Großmutter Habenicht gibt es Sachen, die es woanders überhaupt nicht gibt, zum Beispiel die Bleiche hinter dem Haus. Wenn wir gewaschen haben und die Sonne scheint, breiten wir die Wäschestücke auf dem Rasen aus, die werden so bleich, weiß ist gar nichts dagegen. Das müsste eigentlich in die Zeitung.

Meine Oma wiegt den Kopf, wenn sie den »Nordkurier« liest. Da steht eine Menge drin von einer Pleite oder einem Einbruch oder einem Bus, der in den Abgrund fiel, und zu wenig über Dinge, die schön sind, wie der erste Kokosnussbaum in den neuen Bundesländern oder der Blick aus unserem Küchenfenster.

Hinter der Bleiche steht der Lattenzaun und dahinter liegt das Feld und hinter dem Feld steht der Wald und dahinter fängt der Himmel an. Er spannt sich auf über dem Wald und dem weiten Feld, wie ein unheimlich großer Schirm, der reicht vom Wald hinauf bis über den Polarstern, den mir mein Vater mal gezeigt hat, und auf der anderen Seite hinab bis hinter den großen Pälitzsee. Und darunter hängen die Gestirne, wie die Nüsse im Baum und die Wolken. Das ist unsere Welt. Und dahinter kommt eine andere Welt, sie gehört den Außerirdischen, die sehen beinahe wie Frösche aus.

Meine Oma sah mich aus den Augenwinkeln an und sagte: »Katja Henkelpott, was du meinst, ist das Firmament. Es ist unendlich.«

Unendlich kann ich mir nicht vorstellen. Aber ich stelle mir vor, der Himmel wäre doch ein großer Schirm und hätte einen Stiel, dann ist er bestimmt auf Großmutters Bleiche festgemacht, jedenfalls leuchten hier die Sterne heller als in Rostock. Und wenn es stimmt, dass Gott über allem ist, dann hat er den Schirm in der Hand, um uns zu beschützen. Er kann ihn drehen, deshalb wandern die Sterne bei Nacht. Und am Tag lässt er den Sonnenball darunter wegrollen, damit wir Licht haben und Strom sparen können.

Meine Oma schüttelte den Kopf und sagte: »Es wird Zeit, dass du in die Schule kommst und vieles lernst, damit du dir ein Bild machen kannst von der Welt, wie sie wirklich ist.«

Eines Tages kam Herr Krüger von der Mecklenburg-Strelitzer-Landeszeitung, weil er sich ein Bild machen wollte von Pälitzhof. Bei uns gibt es viele graue Häuser. Nun hatte eine sehr reiche Stadt aus den alten Bundesländern eine kupferne Dachrinne für das Bürgermeisteramt gespendet, damit wir etwas haben, das glänzt. Herr Krüger kam mit einer Leiter, einer Lampe und einer Kamera. Er nahm den Fotoapparat, stieg auf die Leiter, und weil er nicht drei Sachen auf einmal machen konnte, durfte ich die Lampe halten, damit die Dachrinne ins richtige Licht kam. Später fragte Herr Krüger, wie ich heiße. Ich sagte: »Wer mich lieb hat, nennt mich Katja Henkelpott, und meine Oma hat Sachen zu fotografieren, eine Dachrinne ist gar nichts dagegen.«

Weil Reporter neugierig sind, ist er mitgekommen. Am nächsten Tag sind wir beide in der Zeitung gewesen, die Dachrinne und ich: die Dachrinne unter Landespolitik, ich unter Kuriositäten. Man kann das Loch in der Astgabel sehen, aus dem vier schöne Katzenköpfe quellen. Darunter stehe ich mit freundlichen Schneidezähnen. Unter dem Bild ist zu lesen: »Katja Henkelpotts Katzenbaum.«

Am nächsten Tag drängelten sich die Neugierigen am Zaun. Ich überlege, ob ich Eintritt nehme.

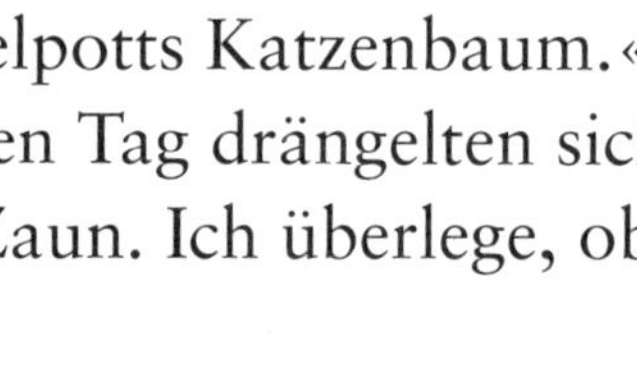

Ein Unglück kommt selten allein

Weil meine Großmutter Habenicht keine elektronische Waschmaschine besitzt, muss nicht jeden Tag gewaschen werden. Sie kann warten, bis sich eine große Wäsche lohnt. Das ist gut für die Hühner. Die können auf der Bleiche herumspazieren, nach Würmern scharren und Gras fressen, so viel sie mögen. Deshalb legen sie große Eier mit Dottern, die nicht gelb sind, sondern orange und gesund.

Meine Oma hat zwanzig Rodeländer, das sind ziemlich dicke Hühner mit braunen Federn. Sie legen braune Eier, die man Ostern nicht zu färben braucht. Aber dann hatten wir Pech und da waren es nur noch sieben. Ein Unglück kommt selten allein, sagt meine Großmutter, dadurch kam das zweite gleich hinterher, und der hässliche Vogel hatte es angezeigt.

Eines Tages saß er hoch oben auf dem Schornstein unseres Hauses und putzte sich das schwärzliche Gefieder, und hätte er statt der roten Latschen gelbe Krallen gehabt, dann wäre er bestimmt ein schlimmer Raubvogel gewesen. Meine Oma meinte: »Er sieht aus wie der Pleitegeier.«

Es war aber die Flugente von Frau Greiner unten aus dem Dorf.

»Es gehört sich nicht, dass sie auf meinem Schornstein sitzt«, sagte meine Großmutter, »eine Ente gehört auf das Wasser«, und drohte mit der Faust zum Dach hinauf und patschte in die Hände. Die Ente hat ihr aber bloß das Hinterteil zugedreht und etwas Unangenehmes fallen lassen, das klatschte auf die Ziegel. So fing das Unglück an.

Zuerst kam der Preisbruch. Irgendjemand hatte das Gerücht ausgestreut, die Hühner in den alten Bundesländern legen bessere Eier als die Rodeländer in Pälitzhof, nämlich schneeweiße. Und die Menschen glaubten das. Sie verlangten keine Rodeländer, sondern Helgoländer Küsteneier. Meine Oma blieb auf ihren Eiern sitzen. Es müssen ziemlich viele gewesen sein.

»Katja Henkelpott«, klagte sie, »jetzt ist es vorbei. Und ich hatte doch mit den Rodeländern ein schönes Stück Geld gemacht.« Wie groß das Stück ist, sagte sie nicht. Sie hat es auf die hohe Kante gelegt. Ich kriege schon heraus, auf welche.

Am Abend war meine Großmutter so in Gedanken, dass sie den Stall verschloss, obwohl die Hühner noch auf der Bleiche waren. Nachts schien der Mond so hell, dass ich schlecht schlafen konnte. Manchmal hörte ich Schreie, aber dann dachte ich, vielleicht sitzt meine Großmutter noch vor dem Fernsehapparat, im Krimi schreien sie ja auch bei jedem Mord. Am Morgen jammerten die Katzen vor dem Haustritt. Das war nicht mehr passiert, seit sie das Loch in der Astgabel bezogen hatten.

Ich staunte und trat vor die Tür. Da schmiegten sich alle vier Katzen ängstlich um meine zwei Beine. Und dann sah ich das Unglück. Im Nussbaum saßen die Rodeländer, sie schüttelten die Kämme und plirrten mit den

Augen und sahen ziemlich dämlich aus. Und im Hof waren viele Federn verstreut, als wäre der Frau Holle beim Schütteln das Bettzeug geplatzt. Es ist aber der Fuchs gewesen. Er hat die armen Hühner geschüttelt und totgebissen und zu seinem Bau geschleppt.

»Ein Trost bleibt mir«, sagte meine Oma. »Zu viele waren es ja, nun brauche ich sie nicht selber abzumurksen.« Dann rief sie mit schriller Stimme: »Puut, puut, puut!«, und verstreute ein paar Körner.

Die Rodeländer hatten vor Angst das Fliegen erlernt. Nun fielen sie wie flatternde Kokosnüsse aus dem Baum. Ich konnte bis sieben zählen.

Das Gleichgewicht

Neulich machten wir eine Radtour nach Wesenberg. Das ist eine kleine Stadt mit einem großen Laden, der Center heißt, weil es dort nicht nur Brot und Butter zu kaufen gibt, sondern auch Handtaschen und Eis.

Meine Großmutter Habenicht fuhr vorweg. Ich musste ihr folgen. Zuerst sah ich die Kraniche im Feld und rief »hallo«, weil ich mich freute, dass sie aus Afrika heimgekehrt waren. Dann beobachtete ich meine Oma beim Radfahren und mir wurde schwummrig. Meine Großmutter ist ziemlich dick, besonders hinten, und ich staunte, dass sie sich auf dem winzigen Sattel festsetzen konnte, ohne abzustürzen. Sie arbeitete wie eine Stampfmaschine. Erst trat sie das eine Bein nach unten durch und schwankte links, dann trat sie das andere durch und schwankte rechts, und die beiden Räder schoben sich langsam geradeaus.

»Großmutter«, rief ich, »warum kippst du nicht um?«

Sie antwortete: »Weil ich das Gleichgewicht halte.«

Mir wurde vom Hingucken schwindlig, deshalb überholte ich und fuhr voraus.

Erst hatte meine Oma die Aussicht nach

vorn versperrt, nun sah ich die hässlichen Autowracks neben der Straße. Weil zu viele Autos in den neuen Bundesländern gekauft werden, wissen die Menschen nicht, wohin mit den alten. Sie fahren sie einfach in den Straßengraben oder in den Wald. Dann kommen andere Menschen ins Schwärmen, die arbeiten wie die Piratenfische und ratzbatz ist von einem Auto nur noch das Skelett übrig. Leider kann es nicht auf den Meeresgrund absinken und verschandelt die Natur. Ich weiß nicht, wie lange sich die Natur das gefallen lässt. Vielleicht fällt ihr was ein, wie nach dem Hühnermord in Pälitzhof.

Sieben dicke Rodeländer hatten in der Angst das Fliegen erlernt und sich auf den Nussbaum gerettet. Die anderen waren vom Fuchs gerissen worden und hatten viele Federn lassen müssen. Der Hof war damit übersät. Als ich mit dem Besen kam, flogen viele Vögel herbei, um mir zu helfen. Sie ließen sich nieder und flogen auf und davon und trugen Federn in den Schnäbeln. Ich dachte, vielleicht heirate ich später einmal einen Königssohn, wie das Aschenputtel, dem waren ja auch die Tauben zugeflogen, weil das Mädchen es alleine nicht geschafft hatte, einen Sack Erbsen zu sortieren. Meine Großmutter war vor die Haustür getreten. Nun konnte sie mit eigenen Augen sehen, wie die Vögel für mich arbeiteten.

»Die Amseln und Sperlinge polstern ihre Nester, denn es ist Brutzeit, Katja Henkelpott«, sagte sie und belehrte mich über das Gleichgewicht in der Natur. »Nichts geht verloren, denn die Natur ist klüger als der Mensch, und wenn sie schon mal eine Schweinerei zugelassen hat wie einen Hühnermord, bei dem die Fetzen fliegen, dann schickt sie zur Abfallverwertung die Vögel unter dem Himmel herbei. Ist das nicht wunderbar?«

Und nun geschah noch ein Wunder der Natur. Wir haben keinen Uhrenkasten, in dem sich die Glucke vor dem bösen Fuchs hätte verbergen können. Sie musste ein anderes Versteck gefunden haben. Nun trat sie um die Ecke und machte sich wichtig, sie tuckerte und kratzte ihren Küken etwas vor. Meine Oma patschte begeistert in die Hände. »Kannst du es schon zusammenzählen, Katja Henkelpott? Eine Glucke mit zwölf Küken und dazu die sieben Hühner aus dem Baum?«

Wir haben wieder zwanzig Rodeländer.

Umweltfreundliche Eier

Als meine Eltern an einem Wochenende endlich zu Besuch nach Pälitzhof kamen, sprang ich meinem Vater an den Hals und ließ mich in der Stube herumtragen. Und weil meine Mutter nicht so stark ist, zog ich sie zu mir herunter, damit ich sie besser küssen konnte.

Meine Oma wischte sich beim Kaffeekochen die Augen. Das verstand ich nicht, denn wir waren eine sehr erfreuliche Familie. Die vier Katzen hatten draußen auf der Fensterbank Platz genommen und blickten in die Stube, und wir hatten am Tisch Platz genommen und blickten hinaus und redeten über das Glück. Mein Vater erzählte, wie schwer es zu finden ist, wenn der Mensch keine Arbeit hat. Er will es mit dem Computer versuchen, der kostet aber dreitausend Mark. So viel Geld besitzt er nicht. Zum Glück wusste ich, dass meine Großmutter Habenicht eine ganze Menge auf der hohen Kante hat. »Bitte, hol es herunter!«, bettelte ich.

Meine Oma war ärgerlich. »Katja Henkelpott«, sagte sie, »du hast zu viel Phantasie und ich habe zu wenig zurückgelegt.«

»Dann muss ich für euch Geld verdienen«, sagte ich.

Alle lachten und wollten wissen wie.

»Mir wird schon etwas einfallen«, sagte ich zu den Eltern und musste beim Abschied gar nicht weinen.

Manchmal erzählen meine Oma und ich uns Märchen mit verteilten Rollen. Am Montag, als ich fortging, machten wir's ebenso. Ich setzte meine rote Mütze auf und nahm den schweren Henkelkorb in die Hand. Meine

Großmutter sprach mit feinem Stimmchen: »Also, mach dich auf, ehe es heiß wird, Rotkäppchen. Und lauf nicht vom Wege ab, sonst fällst du und zerbrichst die Eier, und wir haben gar nichts.«

»Ich will es schon gut machen«, versprach ich und gab ihr die Hand darauf.

Der kürzeste Weg zur Bushaltestelle führt durch das Kuschelwäldchen. Da begegnete mir der Fuchs, ehrlich. Er blieb am Wegesrand stehen und sah gar nicht böse aus. Ich sagte: »Hallo, Fuchs! Bestimmt möchtest du wissen, was ich unter der Schürze trage? Es sind Rodeländer Eier. In Wesenberg will ich sie feilbieten. Du hast uns dreizehn Hühner gestohlen. Nun sind wir arm dran und mein Vater möchte so gerne einen Computer kaufen.« Der Fuchs riss das Maul auf und leckte sich die Lippen. Ich dachte, wer Hühner klaut, der nimmt am Ende auch die Eier, und sagte: »Du brauchst mir nichts zu erzählen, dass ich mich umgucken soll nach all den schönen Blumen, und wie lustig es ist draußen im Wald.

So dumm wie das Rotkäppchen bin ich nicht. Hau ab!«

Er schnürte beleidigt davon und ich musste mich sputen.

Als ich die Eier vor dem Center verkaufen wollte, trat der dicke Chef vor die Tür. Er reckte die Hand aus und rief: »Ambulanter Handel ist vor unserer Ladenkette verboten!« Ich konnte sie richtig klirren hören, seine Kette. Der Mann riss den Mund auf, er hatte schrecklich große Zähne. Er tat, als ob er mich fressen wollte, und schrie: »Hau ab, du unverschämtes Balg!«

Da rief die Frau vom Laden gegenüber: »Dich kenn ich aus der Zeitung. Bist du nicht Katja Henkelpott vom Katzenbaum?« Und als ich nickte, winkte sie. Jetzt biete ich dreimal in der Woche vor ihrem Laden meine Ware feil. Wenn ihr vorbeikommt, achtet bitte auf das Schild: »Umweltfreundliche Eier, naturbraun, echt Ost.«

Die Storchenhochzeit

Wenn ich mich beim Baden abstoße und mache die Arme lang und strecke die Beine aus, kann ich eine ganze Weile auf dem Wasser des Pälitzsees schweben. Fliegen geht so ähnlich. Ich habe es beobachtet. Er hatte den Hals nach vorn ausgereckt, die Beine nach hinten und natürlich die Schwingen ausgebreitet. So schwebte er am Himmel, der Storch.

Er kam Mitte April und war seiner Frau vorausgeflogen. Nun zog er seine Kreise über Pälitzhof. Es geht ihm wie mir, er hat es am liebsten von allen Dörfern der Welt. Der Storch setzte zur Landung an und fußte auf seinem Nest. Die Leute traten vor die Tür und die Kinder riefen: »Der Storch ist da! Der Storch ist da!«

Adebar führte zur Begrüßung ein Kunststück vor. Er legte den Kopf bis ins Rückengefieder zurück und klapperte laut. Meine Großmutter sagte: »Lange hat er Heuschrecken fressen müssen, dahinten in Afrika. Im Frühling bekam er Heimweh nach Pälitzhof und machte sich auf den Weg. Er musste über Abessinien fliegen, denke mal, den Nilfluss abwärts, rechts rüber zur Türkei, den Balkan lang, über Polen und all diese Gegenden, wohin deine Eltern früher auf Urlaub fuhren. Denn er ist ein Ost-Storch und so programmiert. Die West-Störche nehmen ihre Route über Gibraltar, Spanien und Frankreich.«

»Sind denn die westdeutschen Störche anders als die aus dem Osten?«, fragte ich.

»Ich weiß nur eins«, sagte meine Großmutter, »wer so lange eigene Wege hat ziehen müssen, der unterscheidet sich.«

Das Nest hatte der Storch schon vor Jahren auf dem Lichtmast an der Straße erbaut. Der Schnee war darauf gefallen und hatte es platt gedrückt, und der Sturm hatte daran herumgezerrt. Es machte einen liederlichen Eindruck. Der Storchenmann hat tagelang aufgeräumt, das Nest hergerichtet und auf seine Frau gewartet.

Nach vierzehn Tagen flog sie endlich ein. Er hat laut geklappert und einen Freudentanz aufgeführt. Wahrscheinlich wollte er schmusen. Aber sie war mit der Wohnung nicht einverstanden und hat alles, was ihr nicht gefiel, hinausgeschmissen. Die Leute auf der Dorfstraße mussten beiseite springen.

»Recht hat sie«, sagte meine Oma, »ihr wären ja die Eier über den Rand gekullert, so schlampig ist das Nest gemacht.«

Der Storch hat inzwischen eingeschnappt auf einem Bein auf dem Dach von Greiners Scheune gestanden. Er besitzt nämlich ein Sperrgelenk, das kann er einschnappen lassen und deshalb stundenlang stehen wie ein Zinnsoldat. Das ist nicht gesponnen. Mein Großvater war bei der Forstwirtschaft, meine Oma war seine Frau und muss es also wissen.

Ich stelle mir vor, ich hätte auch ein Sperrgelenk und stünde in der Schlafkammer auf einem Bein. Meine Oma kommt und ruft mit lauter Stimme: »Marsch ins Nest, Katja Henkelpott!« Dann sage ich: »Nein. Ich bin gerade eingeschnappt und schlaf heute Nacht mal im Stehen.«

Eines Tages war die Wohnung auf dem Mast endlich eingerichtet. Die Storchenfrau hat dem Mann freundlich zugeklappert, und es sah lustig aus, als sie sich paarten. Die Kinder riefen: »Storch, Storch, Bester, bring mir eine Schwester!«

Ich hätte am liebsten ein Brüderchen. Leider müssen sich meine Eltern umschulen lassen, Vater in Wuppertal, Mutter in Magdeburg. Wie sollen sie sich da paaren?

Frösche im Quark

An der Mittelstraße in Wesenberg steht kein einziger Baum. Frau Ziegenbalg, die Besitzerin des freundlichen Ladens, hatte mir einen Sonnenschirm aufgestellt, damit mir bei schlechtem Wetter die Ware nicht verregnet. Sie hatte auch das Schild für die Werbung

DEN
BOT
UMWELTFREUND-
LICHE EIER
NATURBRAUN
ECHT OST!

gemalt: »Umweltfreundliche Eier, naturbraun, echt Ost.«

Manchmal nahm ich Flix und Flax, die Meerschweinchen, zu meiner Gesellschaft mit, oder Moritz, das handzahme Eichhörnchen. Die Leute freuten sich über die Tiere und mich und rissen mir die umweltfreundlichen Eier aus den Händen. Nur der dicke, rotgesichtige Chef von der Ladenkette gegenüber ärgerte sich und beschimpfte mich über die Straße wegen der Hygiene. Er behauptete, ich ließe auf meinem Sonnenschirm eine Ratte tanzen. Wer nicht mal ein Eichhörnchen, das leider an Haarausfall leidet, von einer Ratte unterscheiden kann, der sollte noch mal von vorn in die Schule gehen. Ich zeigte dem Mann meine Vorderzähne, die etwas auseinander stehen. Da hat er geschrien: »Ich werde dir das Handwerk legen, du kleines Miststück!«

Dafür wollte ich mich rächen. Vor dem nächsten Verkaufstag legte ich die Rodeländer Eier sehr sorgfältig in den großen Korb und in einen anderen Korb etwas anderes und wollte mich aufmachen, ehe es heiß wurde. Da erschien Frau Greiner mit einer Kiepe voller Eier, die stammten von den Bauernhöfen im Dorf. Sie fragte: »Willst du sie für mich auf dem Markt verkaufen, Katja Henkelpott? Es soll dein Schaden nicht sein.« Großmutter antwortete an meiner Stelle: »Ach Gott, das Kind hat schon am eigenen Korb genug zu schleppen.«

Frau Greiner lächelte. Sie wollte mich mitsamt der Eierfracht in ihr Auto verladen, nach Wesenberg fahren und später wieder abladen. Dann sagte sie: »Das Kind ist eine stadtbekannte Persönlichkeit und hat großen Zulauf.«

Ich schielte aus Bescheidenheit und sagte: »Na gut.«

Als wir in Wesenberg ankamen, sagte ich: »Ehe der Verkauf beginnt, möchte ich mir noch rasch einen Schokoriegel im Center kaufen.«

Frau Ziegenbalg und ich hatten uns auch schon mal Märchen mit verteilten Rollen erzählt. Sie fragte: »Was trägst du unter der Schürze, Rotkäppchen?«

Ich antwortete: »Kuchen und Wein. Gestern haben wir gebacken. Damit will ich dem dicken Mann eine Freude machen.«

Frau Ziegenbalg wollte sich ausschütten vor Lachen und konnte doch gar nicht wissen, dass ich eine Menge Frösche unter der Schürze trug.

Da Rundgang ohne Korb verboten ist, nahm ich mir einen Einkaufswagen, fuhr an den Regalen vorüber und sah mich vorsichtig um, ehe ich hineinlangte. Ich holte aber nichts heraus, sondern tat etwas dazu und versteckte meine Frösche wie Ostereier. Am besten ging es im Käseregal. Dort gibt es auch losen Quark. Ich hatte meinen Schokoriegel gerade bezahlt, da ging der Krach los. Verschiedene Frauen stießen Entsetzensschreie aus und verschiedene Verkäuferinnen kreischten. Vielleicht dachten sie, die Außerirdischen hätten das Center überfallen.

Am nächsten Tag las meine Oma aus dem Nordkurier vor: »Frösche im Quark. Supermarkt Wesenberg vorübergehend geschlossen.«

»Wie ist so etwas möglich, Katja Henkelpott?«, fragte meine Großmutter und sah mich aus den Augenwinkeln an.

Ich habe es nicht verraten.

Die Maus im Weihnachtsbaum

Am liebsten höre ich wahre Geschichten, deshalb bettle ich oft vor dem Schlafengehen: »Großmutter, bitte erzähl was von früher.« Früher, das war, als mein Vater so klein gewesen ist wie ich oder ein bisschen größer.

Damals wurde Weihnachten anders gefeiert als heute. Am Morgen des Heiligen Abends sagte mein Großvater zu meinem Vater: »Es ist so weit, mein Junge.«

Dann gingen sie hinaus in den Winterwald und suchten einen schönen grünen Tannenbaum, den sägten sie ab. Mein Großvater war Gespannführer bei der Forstwirtschaft und hatte die Erlaubnis. Und weil es damals noch richtige Winter gab, banden sie den Baum auf dem Schlitten fest und zogen ihn durch den Schnee heimwärts. Dann wurde der Baum in die Stube gestellt und geputzt.

Meine Oma hängte rotbäckige Äpfel in die Zweige und echte Nüsse, die hatte sie mit Ofenrohrfarbe versilbert, und weil Schokolade zu teuer war, backte sie Butterkringel und baumelte sie an der Spitze des Baumes auf, damit man nicht gleich hinlangen konnte. Die Stube duftete nach Tannenharz und die Kerzen waren nicht künstlich, sondern konnten echt flackern. Das war eine schöne Bescherung.

Meine Großmutter erzählte: »Weißt du, Katja Henkelpott, da standen wir nun und sangen Stille Nacht, Heilige Nacht. Mit einem Mal sah ich mitten im feierlichen Singen, wie eine Maus am Tannenbaum emporkletterte. Sie biss den Faden ab, stahl sich den besten Kringel und begann ihn in aller Seelenruhe zu verzehren. Dein Vater sah es auch. Er hatte einen Flitzbogen beschert bekommen, und nun wollte er doch wahrhaftig die Maus vom Weihnachtsbaum herunterschießen. Wir waren gerade bei den höchsten Tönen angekommen: ›Christ, der Retter, ist da-ha.‹ Ich fiel dem Jungen in den Arm und sprach: ›Heute nicht.‹ Damals wurden auch die Tiere am Heiligen Abend beschert.«

Es war Frühling, als meine Großmutter von Klein-Weihnachten für die Tiere erzählte. Da hörte ich das Geräusch, wie von einem feinen Regen, und dann sah ich das Mäuslein. Es kramte im Papierkorb, fand aber nichts zum Beißen, huschte aufwärts am Besenstiel und sprang mit einem Satz ins Küchentuch. Meine Oma bekam den durchbohrenden Blick. Die Maus hangelte zum Tellerbord hoch, spazierte über die Gewürzbüchsen, Pfeffer ist viel zu scharf für eine Maus. Sie sprang auf den Kühlschrank, dort steht die Schale mit den Äpfeln.

Solange hatte meine Großmutter erschüttert zugesehen. Jetzt schlug sie mit dem Besen zu. Die Maus ist schneller gewesen. Ich weiß vom Trickfilm, wie schlau die Mäuse sind. Nicht mal die Katze kann sie kriegen. Da stellte meine Oma eine große Kastenfalle auf, und weil sie schlauer als das Fernsehen ist, ging ihr das Mäuslein ins Garn. Meine Großmutter sprach: »Trag sie hinaus zu den Katzen, Katja Henkelpott, damit sie sich im Jagen üben.«

Ich schielte auf meine Nasenspitze und trug die Falle vor mir her wie einen kleinen Sarg. Es hat mir Leid getan, dass ich die Maus den Katzen vorwerfen sollte. Deshalb trug ich sie vorsichtig bis zu Frau Greiners Gehöft. Sie ist die Besitzerin der Flugente, eine tierliebe Frau. Die Tür stand gerade offen.

Ich glaube, die Maus hat mir zugewinkt, ehe sie im Haus verschwand. Auf Wiedersehn, Katja Henkelpott!

Größte Schlange der Bundesrepublik auf Spurensuche

Meine Eltern sind über dreißig und beide müssen sich umschulen, aber ich bin ein selbstständiges Mädchen und lass mich selbst von meiner Oma nicht mehr waschen.

Jeden Donnerstag fuhr mich Frau Greiner mit dem Auto nach Wesenberg, damit ich dort die umweltfreundlichen Eier aus Pälitzhof feilbieten konnte. Mit der Zeit wurde ich so beliebt, dass wir auch noch Dienstag fahren mussten, und meine Großmutter Habenicht klagte: »Wohin soll das führen, Katja Henkelpott?«

Ich zuckte mit den Schultern und sagte: »Vielleicht bin ich mit sieben so selbstständig, dass ich gar nicht erst in eine blöde Schule muss.«

»Nun bleib aber auf dem Teppich«, rief meine Oma und drohte mit dem Zeigefinger.

Am Center in Wesenberg kauften immer noch wenige Leute ein. Vielleicht waren zu viele Frösche im Quark und sie konnten nicht alle finden. Ich hatte sie ja gut versteckt. Schaben und Mücken und andere unangenehme Insekten kann man mit dem Spray erledigen. Es ist ganz einfach. Man nimmt die Dose, lässt etwas Dampf ab und die Schabe legt sich auf den Rücken. Aber bei Fröschen wirkt nicht einmal Pulver. Frau Ziegenbalg sagte: »Das ist gut für unser Geschäft.«

Ich verkaufte viele Eier und der dicke Mann vom Center musste immer noch unter den Gestellen nach Fröschen suchen. Manchmal trat er vor die Tür, krebsrot im Gesicht, wahrscheinlich strengte ihn das Bücken an. Er wischte sich die nasse Stirn und ich hatte ein schlechtes Gewissen. Vielleicht sollte ich ihm helfen.

Von Frau Ziegenbalg wusste ich, dass der dicke Mann einen komischen Namen hatte. Ich hing ein Schild an meinen Stand: »Komme gleich wieder.« Dann ging ich über die Straße, stellte mich vor dem Mann auf und machte einen Knicks, wie ein sehr artiges Mädchen. Ich sagte: »Hallo, Herr Bleifuß«, und fragte, was mich meine Oma gefragt hatte: »Wie ist so etwas möglich, so ein Überfall von Fröschen?«

Herr Bleifuß schaute von oben auf mich herunter, als hätte er einen Verdacht, und fragte lauernd: »Weißt du es nicht?«

Ich schüttelte den Kopf, so ehrlich ich konnte, dann sagte ich: »Ich weiß aber ein umweltfreundliches Mittel gegen Schädlinge. Am Pälitzsee lebt eine Ringelnatter, die ist wild auf Frösche und kann beinahe wie ein Suchhund arbeiten. Soll ich sie Ihnen ausleihen? Vielleicht rufen wir auch Herrn Krüger von der Mecklenburg-Strelitzer-Landeszeitung an. Ich kann mir die Überschrift für den Artikel vorstellen: ›Größte Schlange der Bundesrepublik in Wesenberg auf der Spur‹, oder so.«

Da hat mir Herr Bleifuß einen Vogel gezeigt, ein so großer Mann einem so kleinen Mädchen. Und er hat gefaucht: »Und wenn du mit deinen Rodeländern gut im Geschäft bist, vergackeiern lasse ich mich nicht.«

Ich hätte ihm am liebsten die Zunge herausgestreckt, fuhr aber bloß mal mit der Spitze über die Oberlippe und machte mich auf die andere Straßenseite, denn Frau Ziegenbalg rief: »Kundschaft, Katja Henkelpott!«

Am Wochenende machten wir Kassensturz. Es reichte noch nicht für einen Computer.

Bis an den Rand von Afrika

Eines Abends sagte meine Großmutter: »Wenn wir alle zusammenlegen, muss es jetzt reichen für einen Computer, mit dem dein Vater sein Glück machen kann.« Und bald kamen meine Eltern nach Pälitzhof, weil sie das Eiergeld holen wollten.

Als ich in die Stube trat, um sie zu begrüßen, zog meine Großmutter Habenicht eine Schau ab und machte es wie im Fernsehen, wenn der Star angekündigt wird. Sie fuhr mit der Hand durch die Luft, als wollte sie einen Vorhang beiseite reißen, dann zeigte sie auf mich und rief: »Hier ist Katja Henkelpott, bedankt euch bei ihr!«

Ich wusste nicht, ob ich mich verbeugen oder Kusshändchen werfen sollte, und schielte bescheiden auf meine Nasenspitze. Erst riss mich meine Mutter in die Arme und dann mein Vater, und ich vergaß, dass ich traurig gewesen war, weil sie mir gefehlt hatten.

Meine Eltern sind sehr erwachsen, trotzdem schreibt ihnen meine Oma immer noch vor, was sie machen müssen. Jetzt sagte sie: »Seid stolz auf das Kind« und erzählte, ich hätte die Konkurrenz aus dem Felde geschlagen, weil ich so hübsch bin. Es ist kein Kunststück, wenn einer hübscher als Herr Bleifuß ist, sogar meine Oma ist ein bisschen schöner als er. Aber sie ekelt sich Frösche anzufassen und schafft es deshalb nicht, den dicken Herrn vom Center auszutricksen.

Mein Vater sagte: »Natürlich sind wir stolz auf dich.« Er zeigte mir ein Geschenk, das er mitgebracht hatte. Es war keine blöde Puppe oder sonst was für kleine Kinder, sondern ein Ding, so lang wie drei Ringelnattern hintereinander und doppelt so stark wie der graue Zopf von meiner Oma, der ziemlich dick ist. Man nennt es ein Tau. Die Matrosen brauchen es, wenn sie ein Schiff an der Mole festbinden wollen. Weil nicht mehr so viele Schiffe in Rostock anlegen, braucht man weniger Taue. Mein Vater hat es zu einem Spottpreis bekom-

men. Ich glaube, das ist ziemlich wenig für ein langes Seil. Er stieg auf den Nussbaum und schlang es um den dicksten Ast. An dem herabhängenden Ende machte er eine Verwicklung, ungefähr so groß wie die Kanonenkugel, auf der Münchhausen geritten ist. Meine Mutter sagte: »Dein Vater hat dir einen dicken Knoten gemacht, damit du nicht vergessen sollst, wie lieb dich deine Eltern haben.«

Ich schwang mich auf den Knoten und flog los, höher, immer höher. Unten standen meine Eltern und winkten, und die Katzen blickten aus dem Loch in der Astgabel und drehten ihre Köpfe hin und her, und die Meisen und Amseln in den Zweigen bewegten die Schnäbel von links nach rechts und von rechts nach links und rollten mit den winzigen Knopfaugen, weil sie mir folgen wollten. Ich flog so hoch, dass ich den Pälitzsee blitzen sah. Mit einem Mal rutschte der Zaun unter mir weg, der Wald kam auf mich zu und ich stellte mir vor, ich würde die Erdkugel unter mir wegtreten. Dann könnte ich die Türme von Rostock sehen und beim nächsten Mal dreh ich die Welt vielleicht bis Afrika. Wenn ich über den Rand von Afrika gucke, schreien alle kleinen Negerkinder vor Begeisterung und zeigen mit den Fingern in die Luft und rufen: »Wer ist das?«

Vielleicht ist unser Storch gerade zum Winterurlaub dort. Dann sagt er bestimmt: »Das ist doch Katja Henkelpott aus Pälitzhof.«

Der Mäusebart

Im Mai wurde es warm. Das Rapsfeld hinter der Bleiche blühte so gelb, dass mir vom Hingucken die Augen wehtaten, und duftete so süß, dass es nach lauter Honig stank. Da kam Raoul Habenicht zu Besuch und wollte mit mir stänkern. Er ist ziemlich groß und ziemlich dünn und außerdem mein Vetter, und weil er der Enkel von meiner Großmutter ist, durfte er in der Dachkammer übernachten. Raoul ist elf.

Er trägt eine runde Nickelbrille und einen Igelschnitt, der vorn mit ein paar Fransen geschmückt ist, die hängen ihm in die Augen. Ich zeigte ihm meinen Kokosnussbaum mit dem Loch in der Astgabel, aus dem vier schöne Katzenköpfe quollen.

Er grinste höhnisch und sagte: »Als ich in Pälitzhof wohnte, weil sich meine beiden Elternteile scheiden lassen wollten, da lebte hier der Oberkater Munzo. Er war so groß wie ein kleiner Löwe und konnte mit den Augen grüne Laserstrahlen schleudern.«

»Und wo lebt er jetzt, der Wunderkater?«

»Ein gemeiner Jäger hat ihn im Feld erschossen. Unter dem Birnbaum an der Bleiche liegt Munzo begraben.«

Ich sagte: »Mit einem Kater bin ich nicht befreundet, aber mit mehreren Amseln und Meisen. Neulich hatten wir einen Hühnermord. Der Hof war von Federn übersät. Als ich mit dem Besen kam, flogen die Vögel unter dem Himmel herbei, um mir bei der Arbeit zu helfen.«

Raoul grinste wieder höhnisch und sagte: »Das ist gar nichts. Munzo hat mir jeden Tag ein Geschenk gebracht. Er kam nachts über das Dach geschlichen und klopfte mit Laserstrahlen an die Fensterluke, bis ich öffnete. Er trug eine Maus im Maul und legte sie als Morgengabe vor mir nieder.«

»Eine einzige Maus konnte er also tragen, dein Oberkater«, sagte ich, so höhnisch ich es konnte. »Ich bin mit einem Fuchs bekannt, der hält zehn Mäuse auf einmal in den Zähnen.«

Jetzt lachte Raoul so höhnisch, dass er fast erstickte. Er wollte mir nicht glauben. Ich habe ihn zum Kuschelwäldchen geführt, hinter einem Busch versteckt und meinen Zeigefinger vor den Mund gehalten. Nach einer halben Stunde schnürte mein Bekannter heran. Er hatte Gott sei Dank die Schnauze voll. Zehn Mäuse baumelten dem Fuchs aus den Lefzen. Es sah aus, als hätte er sich einen grauen Weihnachtsmannbart umgebunden. Ich stieß Raoul an und machte meinen Funkelblick. Mein Vetter nickte anerkennend. Da habe ich mein

Geheimnis verraten und Raoul vorsichtig in die Nähe der Fuchsburg geführt.

Am Waldrand spielten fünf kleine Füchse im Sonnenschein. Sie sprangen sich an und balgten sich, wie es auch kleine Katzen tun. Später kam der alte Fuchs und warf seinen Jungen eine Maus nach der anderen vor, damit sie sich im Jagen übten. Jetzt tobten alle Füchslein durcheinander. Ich dachte, so etwas Niedliches hat der große Raoul Habenicht noch nicht gesehen. Trotzdem wird er wieder sagen: »Das ist gar nichts.«

Er sagte aber, als wir auf dem Heimweg waren: »Du bist gar nicht so blöd, wie ich dachte.« Das hörte ich gern.

Am Nachmittag habe ich aus Löwenzahnblumen einen Kranz geflochten und auf Munzos Grab unter dem Birnbaum niedergelegt. Raoul stellte sich neben mich. Nach einer Weile fragte er: »Willst du meine Freundin sein?«

Ich gab ihm die Hand darauf.

Bürgermeister Hase

Einmal redeten wir über die Regierung. Meine Oma sagte: »Früher hatten wir eine Bürgermeisterin, die war dick, hatte rote Haare und ein böses Maul. Jetzt haben wir einen Mann im Amt, der ist dünn, hat überhaupt keine Haare auf dem Kopf, dafür aber meistens schlechte Laune. Ach, ich wünschte, die Welt würde endlich mit Freundlichkeit regiert!«

Am selben Abend betrat Herr Bürgermeister Hase unser Haus und machte einen unfreundlichen Eindruck. Aber meine Oma zerknitterte ihr Gesicht in hundert liebenswürdige Falten. Raoul und ich zogen die Mundwinkel bis zu den Ohren hoch und machten Pausbäckchen, sodass wir vor lauter Freundlichkeit kaum aus den Augen gucken konnten. Großmutter fragte, was es gäbe.

»Also«, sagte der Bürgermeister, »es handelt sich um den Rotfuchs. Ich höre, dass er ganz in Ihrer Nähe haust.«

Raoul und ich sahen uns an. Es hatte gefunkt.

»Ach, der Rotfuchs«, sagte meine Großmutter. »Hin und wieder kommt er vorbei, aber die Wohnung weiß ich nicht. Weshalb wird er denn gesucht?«

»Er hat mir ein Huhn gestohlen.« Der Bürgermeister war verbittert und machte ein Gesicht, als wäre ihm Frau Hase weggestorben.

Zuerst sagte meine Oma: »Ach Gottchen.« Dann sagte sie: »Mir sind dreizehn Hühner weggeholt worden und kein Hahn hat danach gekräht.«

»Bei mir«, meinte der Bürgermeister, »ist es etwas anderes, nämlich beinahe ein Angriff auf das Amt. Deshalb habe ich für morgen die Schädlingsbekämpfer bestellt. Der Rotfuchs wird abgeschossen. Er ist eine Gefahr für das Dorf.«

Da schrie ich: »Füchse wollen auch leben. Außerdem haben sie fünf Junge!«

»Da haben wir's«, sprach Herr Hase und

stieß den Zeigefinger gegen mich. »Du weißt, dass er Junge hat und wie viele. Also weißt du, wo er wohnt, und wirst es mir verraten.«

Ich guckte auf seinen Zeigefinger und hätte am liebsten zugebissen. Ich sagte aber bloß: »Sie sind ein böser Mann.«

Da blickte Herr Hase so finster, dass es in der Stube dunkel wurde. Meine Oma musste das Licht anmachen. Sie war ein bisschen zittrig und stammelte: »Du … du wirst dich beim Herrn Bürgermeister entschuldigen, nicht wahr, Katja Henkelpott.«

Ich sagte: »Nein.«

Herr Hase rief: »Jetzt muss ein Machtwort gesprochen werden!«

Vorher wollte er aber mit meiner Oma unter vier Augen sprechen. Weil vier Augen zu viel in der Stube waren, wurden Raoul und ich in die Küche abgeschoben. Ich heulte, bis mir das Wasser aus der Nase lief. Raoul sagte: »Ich habe eine Idee. Wir werden die Schädlingsbekämpfer auf eine falsche Fährte locken.« Damit war ich einverstanden.

Meine Großmutter hatte dicke Kummerfalten auf der Stirn, als sie uns in die Stube rief. Sie sprach: »Wir wollen keine Schwierigkeiten haben, Katja Henkelpott. Ein Fuchs ist nur ein Fuchs, und wenn der Bürgermeister verlangt, dass es im Interesse der Gemeinschaft notwendig ist, dann müssen wir den Fuchs verraten.«

»Na gut«, sagte ich, »morgen.«

Herr Hase lächelte. Komisch, manche Leute haben an Gemeinheiten Spaß.

Katja Henkelpott erzählt ein Märchen

Raoul Habenicht sagte: »Weißt du was, Katja Henkelpott, wir suchen ein paar Karnickellöcher, scharren ein bisschen frischen Sand an die Oberfläche, dort wo das Dickicht am dickigsten ist, und legen einen Scheinbau an. Die Schädlingsbekämpfer fallen bestimmt darauf rein und die kleinen Füchse bleiben am Leben.«

»Aber wann wollen wir das machen?«

»Heute Nacht«, sagte Raoul. »Die Bekämpfer kommen ja schon morgen.«

»Aber was wird Großmutter dazu sagen?«

»Was sie nicht weiß, macht sie nicht heiß.«

Da wusste ich, dass ich es schlau anfangen musste.

Seit Raoul in der Dachkammer wohnte, durfte ich bei der Großmutter im Ehebett liegen. Vor dem Gutenachtkuss setzte sie sich auf den Bettrand und seufzte. »Ich weiß, du hast ein gutes Herz, aber musstest du deshalb den Herrn Bürgermeister so verärgern? Ach, ich kann die Aufregungen nicht mehr ab. Und nun soll ich wohl auch noch eine Geschichte zum Einschlafen erzählen?«

Ich sagte: »Leg dich ein Weilchen aufs Bett, Omilein. Heute will ich dir eine Geschichte erzählen.«

Da machte sie es sich bequem und ich erzählte, was ich mir ausgedacht hatte: »Vor einem großen Wald wohnte ein armer Fuchs mit seiner Frau und seinen fünf kleinen

Kindern. Sie hatten wenig zu beißen und zu brechen. Der Fuchs wälzte sich vor Sorgen herum und sprach zu seiner Frau: ›Was soll aus uns werden?‹

›Weißt du was, Mann‹, sprach die Frau, ›wir können die Kinder nicht in den Wald schicken, wo er am dicksten ist, und sie dort allein lassen, damit wir sie los sind. Du musst uns ein Huhn fangen.‹

›Nein‹, sprach der Fuchs, ›das tue ich nicht. Die Menschen denken, ich hole das Huhn aus Bosheit, und sie werden mir den Jäger auf den Pelz hetzen.‹

›Du Narr‹, sprach die Frau, ›dann müssen wir alle sieben Hungers sterben.‹ Da sagte der Fuchs: ›Gräme dich nicht. So muss ich eben Mäuse fangen, obwohl sie heuer rar sind…‹«

Meine Großmutter Habenicht blickte schon sehr verträumt und ich erzählte weiter.

»Der Fuchs fing eine Maus, dann noch eine Maus und noch eine Maus, und als er fünf beisammen hatte, band er sie mit den Schwänzen zusammen und machte ein Bündel, das hängte er an seinem Reißzahn auf. Und dann fing er wieder eine Maus und noch eine Maus...«

»Ich denke, er hatte schon fünf«, murmelte meine Großmutter und gähnte entsetzlich.

Ich sagte: »Er muss für jedes der fünf Kinder fünf Mäuse fangen, also fing er noch eine Maus und noch eine Maus...«

Da machte meine Oma zuerst einen erschrockenen Schnarcher, und dann drehte sie sich friedlich auf die Seite. Ich deckte sie zu wie mein kleines Puppenkind und raffte meine Kleider zusammen und tappte aus der Kammer.

Raoul stand schon mit der Taschenlampe und mit einem Spaten auf dem Flur. Er machte vorsichtig die Tür auf und wir schlichen hinaus. Über dem Wald ging der Mond auf, er war ganz rot heute Nacht, und auf den Wiesen stand der Nebel. Es war, als müssten wir durchs Wasser waten.

Raoul nahm mich fest bei der Hand.

Die Gespensterallee

Als wir uns aus Großmutters Kate geschlichen hatten, weil wir die Füchse retten wollten, wurde es finster wie in einem Sack. Wir trauten uns noch nicht, die Taschenlampe anzuknipsen, und Raoul Habenicht sagte: »Schade, dass wir keinen Blindenhund haben.« Zum Glück hatte ich mir weiße Kieselsteine eingesteckt, die wollte ich nach und nach verstreuen, damit wir heimfinden konnten.

Ich habe schon erzählt, dass hinter dem Wald der Himmel anfängt. Heute Abend war er bloß unten herum noch ein kleines bisschen grün und durchsichtig wie Götterspeise, aber darüber war alles so dunkel, als hätte der liebe Gott sein Tintenfass ausgeschüttet, und in der Tinte schwamm der Mond wie eine große Fleischtomate. Er konnte kein richtiges Licht machen, sondern bloß ein unheimliches. Ich glaube, das heißt Infrarot. Und das Käuzchen jammerte, als sollte gleich jemand sterben. Da

stellte ich mir vor, Raoul und ich wären die einzigen Menschen in Pälitzhof, und musste weinen. Raoul fragte: »Wollen wir umkehren?«

»Nein, nein.« Ich rieb mit dem Anorakärmel die Tropfen von meiner Nasenspitze. Dann fragte ich: »Hast du keine Angst?«

»Doch«, sagte Raoul und dann: »Wenn die Füchse nicht sterben sollen, müssen wir ihnen helfen und die Angst bezwingen. Weißt du was, Katja Henkelpott, zu zweit ist es ja auch leichter, tapfer zu sein.«

Ich glaubte ihm, weil er schon elf ist, und als er mich bei der Hand nahm, konnte ich fühlen, wie Recht er hatte.

Bald waren wir an der Gespensterallee. Das ist ein morastiger Weg. Rechts und links stehen verkrüppelte Korbweiden Spalier. Sie haben dicke, wulstige Köpfe mit dünnen Ruten, die stehen ihnen zu Berge wie die garstigen Haare vom Struwwelpeter. Das war der erste Punker und er hatte hübsche Augen. Die Korbweiden haben bloß leere Löcher im Kopf. Sie leuchteten unheimlich grün in der Nacht.

»Das können Irrlichter sein«, flüsterte Raoul. »Wenn sie uns auf die falsche Fährte locken, enden wir im Sumpf.«

»Wollen wir umkehren?«, fragte ich.

»Nein, nein«, sagte Raoul.

Wir blieben stehen und rissen die Augen auf. Der Nebel floss wie dünne Milch über die Wiesen und schwappte auf den Weg. Vielleicht standen wir mit den Füßen schon im Pälitzsee. Jedenfalls hatte ich nasse Schuhe und Strümpfe und wollte mich gerade vor den Irrlichtern fürchten. Da hörte ich ein freundliches Maunzen und musste lachen. Die Katze Baba und ihre drei Räuber hockten auf den Weidenköpfen. Als Raoul die Taschenlampe hob, schleuderten sie acht grüne Laserstrahlen, die leuchteten so hell, dass er die Lampe ausknipsen konnte.

Ich sagte: »Sie wollen uns helfen.«

Wir fanden rasch den Ort im Wald, wo er am dichtesten ist und wo sich jedes Auto festrammeln muss. Ein Stück dahinter leuchteten die Katzen ein paar alte Karnickellöcher an.

Wir scharrten frischen Sand heraus und die Vögel in den Zweigen schauten nach unten und machten die Hälse so lang, dass sie vor Neugierde bald abgestürzt wären. Wir stolperten nicht einmal auf dem Weg zurück, denn Baba und ihre Kinder haben uns heimgeleuchtet.

Die Verführung

Am nächsten Morgen saßen wir müde am Frühstückstisch. Meine Großmutter Habenicht rührte lange in der Kaffeetasse, bis sie sagte: »Komisch, als ich heute früh wach wurde, war ich wie betäubt und lag mit all meinen Kleidern im Bett.« Sie schaute auf mich, als könnte ich das erklären.

Ich stotterte: »Der Mond hat – hat wie eine Fleischtomate ausgesehen. Vielleicht ist dir das Infrarotlicht nicht bekommen.«

Meine Oma blickte sehr aus den Augenwinkeln, dann wollte sie wissen, warum wir keinen Frühstückshunger hätten.

Raoul sagte, die Stachelbeermarmelade wäre zu sauer. In Wahrheit kriegten wir wegen der Aufregung keinen Bissen hinunter. Und als das Auto ungeduldig vor Großmutters Kate hupte, fassten wir uns bei den Händen, weil es zu zweien ein bisschen einfacher ist, tapfer zu sein.

Die Schädlingsbekämpfer saßen im offenen Jeep. Am Fahnenständer war ein Fuchsschwanz festgemacht. Jeder Bekämpfer hatte das Schießgewehr zwischen den gestiefelten Beinen aufgepflanzt, umkrallte den Kugellauf mit beiden Fäusten und lächelte grimmig. Neben dem Fahrer saß der Bürgermeister. Wahrscheinlich wollte er nicht, dass seine Glatze im Wald verräterisch glänzte, denn er hatte sich mit einem Jägerhütchen getarnt. Jetzt rief er: »Herkommen! Aufsteigen!« Wir mussten gehorchen.

Großmutter Habenicht stand in der Tür und winkte mit dem Taschentuch, als wäre es ein

Abschied für immer. Vielleicht wusste sie mehr von unseren Plänen, als sie verraten hatte. Einer der Bekämpfer schrie: »Auf geht die Jagd!« Da heulte der Motor, der Jeep sprang los wie ein bockiges Pferd mit allen vier Beinen zugleich, schmiss Dreck und Steine hinter sich und schoss durch die Gespensterallee. Die Kopfweiden griffen mit ihren Hexenfingern zu und nahmen dem Bürgermeister das Hütchen weg. Er schrie zornig: »Halt! Junge, hol mir den Hut aus dem Baum!« Raoul musste gehorchen.

Mich fragte der Mann: »Wo steckt der Fuchs?«

Ich zeigte, wo's langgeht. Erst rechts, dann links, bergauf. Da hatte ich sie mitten in das Stangenholz verführt. Wir hielten vor dem Abgrund. »Dort«, sagte Raoul, »wo der Hügel wieder ansteigt. Sehen Sie die hellen Flecken im Moos?«

Der Oberbekämpfer setzte den Feldstecher an. »Tatsächlich«, rief er. »Ein frisch befahrener Bau. Auf geht's! Die Räuber werden ausgeräuchert, sieben auf einen Streich. Wer die Flucht wagt, kriegt Schrot auf den Pelz gebrannt, bis er einen Looping schlägt. Und nun raus mit euch beiden!«

Wir sprangen ab. Dann sahen wir, wie sich der Jeep mit allen Bekämpfern beinahe überschlagen hätte. Er schoss jaulend bergab, hob das Hinterteil und verkeilte sich zwischen den Bäumen.

Gegen Mittag hielten sie wieder Einzug im Dorf. Zwei dicke Ackergäule schleppten den offenen Jeep. Die Bekämpfer hielten sich immer noch mit beiden Fäusten am Kugellauf fest und blickten grimmig. Den Fuchsschwanz hatten sie verloren. Bei den ersten Häusern hoben die Gäule ihre Schwänze und machten ein hässliches Geräusch, dann ließen sie im Trab etwas Unangenehmes fallen. Die Leute standen am Zaun und lachten.

Kingkong im Kirschbaum

Raoul musste wieder abreisen. Er wurde von seiner Großmutter Parisius abgeholt. Diese Dame ist ziemlich alt, aber sie fuhr mit einem schneeweißen Auto vor und war wie eine Braut angezogen, alles in Weiß, die Schuhe, die Hosen, die Jacke, nur die Bluse war grün. Und als meine Oma sah, dass sich Frau Parisius die Haare lila gefärbt hatte, sagte sie: »Du großer Gott!«

Der Mann von Frau Parisius war Arzt im Krankenhaus von Niegenburg. Früher musste er dort von einem Zimmer zum anderen rennen, aber jetzt hat er sich auf dem Markt niedergelassen, sagt Raoul. Da sitzt er nun, und wer Tabletten braucht, muss hin zu ihm. Doktor Parisius hat es geschafft, seine Frau schaffte uns. Sie kam mit einem Affen an, nur ein bisschen kleiner als Kingkong, und sie rief schon von weitem: »Hallochen, Hallochen!«

Moritz, das Eichhörnchen, wollte gerade auf

dem Gartentisch eine Nuss knacken. Er sprang vor Schreck in den Baum. Und Baba fauchte entsetzlich, ehe sie sich mit ihren Kindern in das Loch in der Astgabel verkroch. Wir durften uns nicht verstecken, sondern mussten die Dame begrüßen. Meine Oma hatte mir mal eine Gruselgeschichte erzählt, da ist die weiße Dame ein Gespenst gewesen. Zu mir war sie freundlich, aber sie tat, als hätte ich gerade das Laufen gelernt, und fragte immer so komisch: »Wer i-i-st denn das? Wer i-i-st denn das?« Vielleicht braucht sie eine Brille. Sie sagte nämlich, ich wäre eine süße Motte. Ich fand das blöd, machte aber trotzdem einen Knicks und erklärte: »Wer mich lieb hat, nennt mich Katja Henkelpott.«

Frau Parisius meinte, das wäre kein hübscher Name. Sie wollte mich Katie nennen. Dann sagte sie: »Er gehört dir« und lächelte sehr. Sie zeigte ihren Affen vor. Er war einen Kopf größer als ich und hatte krumme Beine.

Ich sagte: »Einen Affen will ich nicht.«

Frau Parisius war böse und sprach auf

meine Oma ein. »Die Eltern des Kindes haben ihm nicht einmal eine richtige Schaukel kaufen können, es muss auf einem Knoten sitzen. Dieser Affe hingegen ist teuer gewesen und ein wertvolles Spielzeug. Das Kind weiß es nicht zu schätzen. Es ist schlecht erzogen.«

Nun blickte meine Oma mal an ihrer Nase hinunter und sagte, es sei ihr peinlich. Dann ging sie ins Haus, um die Kaffeekanne zu holen.

Die Tafel war unter dem Kokosnussbaum gedeckt. Man konnte nicht sehen, dass viele Streusel vom Kuchen gemaust waren. Raoul und ich hatten die kahlen Stellen mit Puderzucker getarnt. Raoul sagte zu seiner Oma Parisius: »Meine Freundin ist mit mir befreundet, mit zwei Meerschweinchen, außerdem mit einem Eichhörnchen, vier Katzen und mehreren Amseln. Und alle sind lebendig. Was soll sie denn mit einem toten Affen?«

Das konnte die Dame nicht beantworten. Sie tupfte an ihren lila Haaren herum und sprach ärgerlich: »Wir fahren!«

Da rief meine Oma, so schrill wie sie die Hühner lockt: »Zu Tisch, zu Tisch!« Und Frau Parisius musste noch ein Weilchen bleiben, weil sie gut erzogen war. Die Sitzplätze waren knapp, Kingkong brauchte einen ganzen Stuhl für sich allein. Raoul und ich mussten zusammenrücken. Er legte den Arm um mich, da konnte man sehen, dass ich ihn vielleicht einmal heiraten werde. Als die weiße Dame mit ihrem Enkel abgefahren war, merkten wir, sie hatte uns mit ihrem Affen sitzen lassen. »Weißt du was, Katja Henkelpott«, sagte meine Oma, »wir hängen ihn als Vogelscheuche in den Süßkirschenbaum.«

Abschied

Manchmal schüttelt meine Großmutter Habenicht den Kopf und sagt: »Du hörst das Gras wachsen, Katja Henkelpott.«

Das stimmt nicht, aber ich konnte sehen,

wie rasch der Roggen hinter der Bleiche spross. Das weite Feld hatte von einem Tag auf den anderen einen seidigen grünen Pelz und die Erde freute sich, wenn ihr der Wind das Fellchen kraulte, und summte vor Vergnügen. Ich freute mich auf den Sommer und summte auch den ganzen Tag.

Da kam ein Brief. Meine Oma öffnete ihn und musste sich auf das Sofa setzen. Dann wischte sie sich mit den Fingerspitzen die Augenwinkel und sagte: »Gute Nachricht. Deine Mutter hat wieder Arbeit. Zwar ist sie auf Kauffrau umgeschult, aber nun wird sie Politesse.«

»Was ist denn das?«

»So eine Art Damenpolizei«, erklärte meine Oma. »Sie spürt den Parksündern nach. Dein Vater muss inzwischen lernen, wie man einen Mülleimer runterträgt. Die Mahlzeiten zubereiten muss er auch.«

Darüber freute ich mich. »Mein Vater kann bloß Spagetti mit Tomatensoße kochen, das ist mein Lieblingsessen.«

»Wie schön«, sprach meine Oma, »dann wird dir der Abschied leicht.« Sie nahm mich in die Arme und kraulte meinen Henkelpott. Da fühlte ich, wie schwer ein Abschied ist.

Am Wochenende holten mich die Eltern. Sie verstauten Koffer und Taschen und eine ganze Kiste mit Marmeladengläsern im Trabi. Ich verabschiedete mich inzwischen von meinen Tieren, die sich auf dem Hof versammelt hatten.

Ich sagte: »Leb wohl, Moritz. Du bist alt und meine Oma ist ebenfalls alt und schon ein bisschen vergesslich. Am besten, du springst morgens gegen sieben auf das Fensterbrett und erinnerst an deine Frühstücksnüsse. Auf Wiedersehn, Baba. Du hast mich enttäuscht. Raoul meint, du bist eine Tochter des Oberkaters Munzo. Der hat dir seine Laserstrahlen vererbt, also bist du so was wie eine Edelkatze und willst dich mit einem hergelaufenen Kater vermehren. Er hat nur drei Beine und trägt, glaube ich, eine Augenbinde. Was soll daraus werden?«

Baba saß auf dem Hintern, sie hatte die Vorderpfoten nebeneinander gestellt und machte einen gelangweilten Eindruck, als ich die ernsten Worte sprach. Ich streichelte ihre drei Kinder und sagte: »Eure Mutter kriegt wieder Junge. Am besten, ihr macht euch davon und sucht ein eigenes Baumloch.«

Dann zerkrümelte ich ein großes Stück Rührkuchen und rief die Amseln und Meisen herbei. »Lebt wohl, ihr fleißigen Helfer, und vergesst mich nicht!«

Nun presste mich meine Oma an ihren Bauch und weinte mich nass. Ich hab ihr meine Meerschweinchen zur Erinnerung geschenkt.

Zuerst wollte sie nicht, dann sprach sie: »Man kann dem Kind nichts abschlagen.«

»Bloß nicht«, rief ich, »lass mir die Henkel am Pott«, und sagte zu den Eltern: »Wartet an der Bushaltestelle. Ich will noch einmal den Weg durch das Kuschelwäldchen nehmen.«

Dort traf ich den Fuchs. Er blieb am Wegrand stehen und sah gar nicht böse aus. Ich sagte: »Gott sei Dank ist der Roggen hoch. Für eine Weile seid ihr in Sicherheit. Grüß deine Frau und die fünf Kinder.«

Zuletzt habe ich dem Storch zugewinkt. Er zog seine Kreise am Himmel über Pälitzhof. Das ist das schönste Dorf auf der Welt.